獻給卡蜜兒
當妳開心的時候，我愛妳；
當妳傷心的時候，我也愛妳。
妳一輩子都是我們的寶貝！

獻給牽著蘇西小手的小萩與菲利浦。

**作者及繪者｜安妮・克拉海 (Anne Crahay)**
於比利時列日聖呂克高等藝術學院 (ESA Saint-Luc) 獲得平面
藝術學位後，進入動畫電影與平面設計領域工作。自2007年起開始
創作童書，已出版超過20本童書作品，並翻譯成多國語言（中文、韓
語、日語、德語、意大利語、丹麥語等等）。因插畫成就於2010年獲得
比利時瓦隆尼 - 布魯塞爾聯盟頒發的「發現」獎學金，目前任教於聖
盧克高等藝術學院，其作品於2010年及2022年入圍波隆那國際兒
童書展插畫大獎。

**譯者｜許少霏**
嘉義人，輔仁大學中文系畢業，零九年赴法留學。於巴黎索邦大學研
讀古典文學，探究拉丁文與古希臘文等古代語言的起源。著有《小惡
魔裸母日記》，台灣女孩深入法國布爾喬亞家庭，驚見諾貝爾文學獎
得主後代，窺見貴族後裔的教養方式，與三個孩子的互動讓彼此都
有了成長也在陪伴孩子的過程中療癒了自己的傷口。譯有《500則
蒙特梭利教戰手冊》、《給孩子的解答之書》、《迷你王國》、《油畫技法
全書》等譯作。

# 蘇西的
# 微笑

文·圖 / 安妮·克拉海 (Anne Crahay)

翻譯 / 許少霏

希望學
Hopology

有時候，我們會故意弄丟泳衣，
因為不喜歡星期三的游泳課。

有時候，我們會故意弄丟娃娃，
因為想要跟爸爸或媽媽一起睡覺。

我呢，我弄丟了我的微笑……

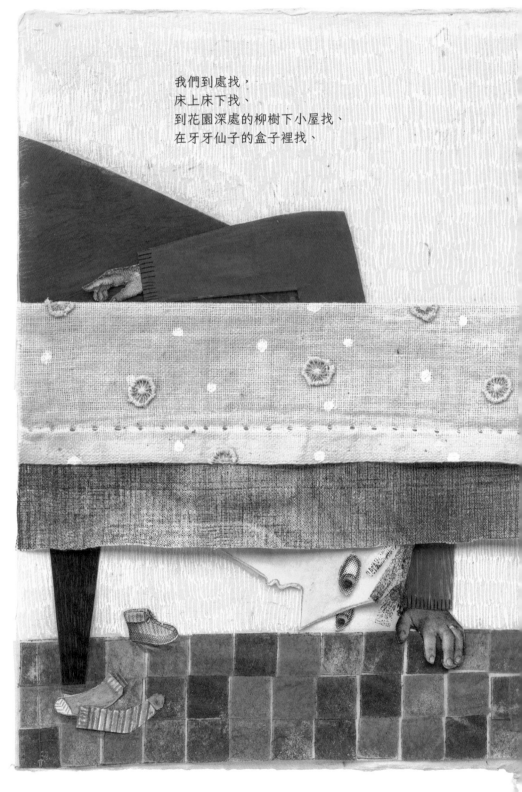

我們到處找，
床上床下找、
到花園深處的柳樹下小屋找、
在牙牙仙子的盒子裡找、

到媽媽的家找。

去爸爸的家找、

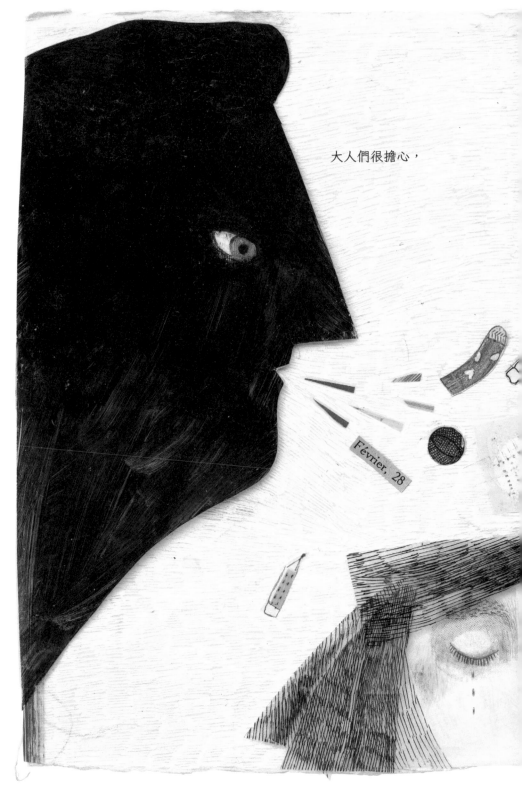

大人們很擔心，

大人們在爭吵。

孩子們覺得沒有微笑很醜，
而且很奇怪！
日子變得很難過……

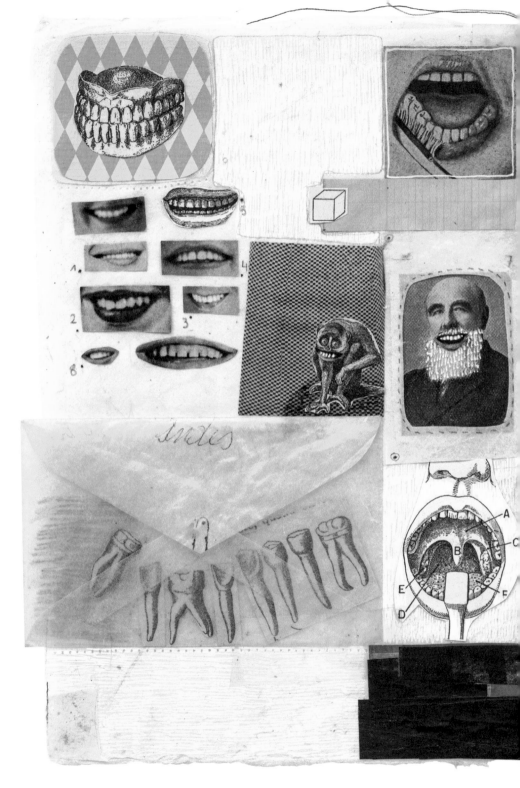

所以呢，我用紙做出一千種微笑：

像奶油菠菜一樣噁心的微笑、
不害怕的微笑、
星期一早晨的微笑、
大頭照的微笑、
給同學的微笑、
跟爸爸過週末的微笑、
讓媽媽融化的微笑、

大家會覺得「我很好，超級無敵好」的微笑，
就這樣！

每天早上，
我將微笑掛在耳朵上，
像穿鞋要綁鞋帶一樣。

然後，

一切都

恢復

正常了。

可是有一天，
頑皮的風帶走那一千張用紙做的微笑，
微笑們在空中飛舞。

我一直跑。

在狂風中、在城市裡、在大雨中不斷地追趕。

「我很好，超級無敵好」
的微笑被風掛在柳樹梢上。

濕透了。

柳樹下，
爸爸媽媽目瞪口呆，
長方形紙微笑濕透了、
破掉了。

我哭了……

我哭泣是因為我無法說話，
有幾公升的話都說不出口……

幸好，
爸爸媽媽都會游泳！

洪水過後，我們濕透了⋯⋯
太搞笑！
尤其是爸爸。

媽媽溫柔地對我說：
「當妳開心的時候，我愛妳；當妳傷心的時候，我也愛妳。」

爸爸也輕聲地對我說：
「妳一輩子都是我們的蘇西！」

比利時台北辦事處處長

全力推薦

# 真實的作品最能觸動靈魂

從地理上來看，比利時是一個小國家，然而對世界的開放態度，使得她在某種程度上變得廣大無比。我們擁有非常強烈的身份認同，同時依然保持謙遜並廣泛接納其他的影響。這裡是創意的沃土。

我們說法語，但我們與法國人不同，我們也說荷蘭語和德語，不過與北部鄰居非常不同。同時，我們的首都布魯塞爾是如此地國際化，您會發現能懂得的語言愈多愈好，雖然沒有「比利時語」，但您一讀到就會知道這是「比利時」的。

當您翻開由安妮・克拉海（Anne Crahay）所著，叩叩叩出版社（CotCotCot）出版的《蘇西的微笑》後，您會立刻明白。這家出版社（順帶一提，由一位將比利時視為家的法國女性經營）是推廣海外的兒童文學編輯之一，旨在打開讀者的味蕾，以享用來自比利時印刷業的文化珍寶。我們追求的不是出版數量，而是能觸動靈魂的作品。這些作品並不一定要看起來「漂亮」，卻必須是「真實」的。

這是一本精心製作的書籍。您會感受到作者被賦予完全的自由，並運用各式各樣的插畫技藝來表達自己的感受。即使是一個嚴肅的話題，透過繪者給予文字和插畫的情感，使我們能夠開始談論並成長。

您可以將它視為一本哲學書及一本藝術書，簡潔有力地開啟一場溫暖而豐富的對話。

能送給孩子最好的禮物就是閱讀的樂趣，這就是《蘇西的微笑》帶來的貢獻！

馬徹文 Matthieu Branders
**比利時台北辦事處處長**

中文版

# 編者的話

# 可以不需要微笑作防衛

蘇西快樂嗎？看到她的微笑，你感受到什麼？

當我第一次在書展中看到蘇西，她是真誠而脆弱的站在一角。靜靜地把微笑如同口罩般戴上，它所防衛的，是其他人的期望；它所守護的，是真實的內心感受。

這年頭，大家都對好孩子、成功人士設定了標準。社會要求孩子們要快快樂樂之餘，學業要跟上，又動靜皆宜。會音樂，同時入水能游，出水能跳。上課乖乖聽，卻又會獨立思考。

但其實，是誰說了算？

為什麼需要完美的孩子？為何要求自己是個完美的人／家長？

這些枷鎖，對誰來說都太沉重了。

Hello Kitty 推出以來都沒有表情，因為牠沒有預設心情，開心的人看到，會感覺貓咪與他同喜；傷心的人看到，會覺得貓咪與他同憂。每個孩子都需要被接納，需要有表達情緒的機會，需要有給予安全感的同行者，這樣才能面對真實的自己，而不是一直強裝微笑。

願所有家長和孩子共讀本書，並在合上書後，捉緊孩子雙手跟他說：「當你開心的時候，我愛你；當你傷心的時候，我也愛你。你一輩子都是我們的寶貝！」

蘇西不只是那位小女孩、不只是安妮・克拉海，也是我們每一個人。

作者／繪者｜安妮·克拉海(Anne Crahay)
翻　　　譯｜許少霏
責 任 編 輯｜吳凱霖
執 行 編 輯｜吳凱霖、謝傲霜
編　　　輯｜陸悅
封面設計及排版｜Jo
出　　　版｜希望學／希望製造有限公司
印 製 發 行｜秀威資訊科技股份有限公司
總 經 銷｜聯合發行

原 書 名｜Le sourire de Suzie
作者／繪者｜安妮·克拉海(Anne Crahay)
凹 版 印 刷｜Olivier Dengis，Mistral BV，布魯塞爾
翻譯自法文｜譯者：許少霏
版權所有 2024 第二版 CotCotCot Editions｜
Des Carabistouilles SRL，布魯塞爾（比利時）
繁體中文版由法國 BiMot Culture SAS 安排

**希望學**

社　　　長｜吳凱霖
總 編 輯｜謝傲霜
地　　　址｜臺北市大同區民生西路 404 號 2 樓
電　　　話｜02-2546 5557
電 子 信 箱｜hopology@hopelab.co
Facebook｜www.facebook.com/hopology.hk
Instagram｜@hopology.hk

出 版 日 期｜2024 年 7 月
版　　　次｜第一版
定　　　價｜350 新台幣
I　S　B　N｜978-626-98257-3-8　（精裝）

國家圖書館出版品預行編目 (CIP) 資料

蘇西的微笑 / 安妮．克拉海 (Anne Crahay) 作．繪；許少霏翻譯 . -- 第一版 . --
臺北市：希望學, 希望製造有限公司, 2024.07　面；　公分 . -- ( 不是問題兒童；3)
譯自：Le sourire de Suzie ISBN 978-626-98257-3-8( 精裝 )

881.7599　　　　　　　113009139